LE TRÉSOR

DES

BELLES PAROLES

Versailles. — Imprimerie de BEAU J*, rue de l'Orangerie, 36.

LE TRÉSOR

DES BELLES PAROLES

CHOIX DE SENTENCES

Composées en tibétain

PAR LE LAMA SASKYA PANDITA,

SUIVIES D'UNE ÉLÉGIE TIRÉE DU KANJOUR

traduites pour la première fois en français,

Par Ph. Ed. FOUCAUX,

Membre de la Société Asiatique de Paris et de la Société Orientale de France ;
Chargé du cours de sanscrit au Collége Impérial de France et du cours de tibétain à l'École Impériale
des Langues Orientales vivantes.

PARIS

BENJAMIN DUPRAT

LIBRAIRE DE L'INSTITUT, DE LA BIBLIOTHÈQUE IMPÉRIALE,
DES SOCIÉTÉS ASIATIQUES DE PARIS, LONDRES ET CALCUTTA, ETC.
Rue du Cloître-Saint Benoît, 7.

1858

LE TRÉSOR DES BELLES PAROLES

CHOIX DE SENTENCES

composé

Par le Lama SASKYA PANDITA.

———————

Les stances qui suivent forment un choix de sentences extraites du livre appelé : *Le Trésor des belles paroles*, qui a été composé primitivement en sanscrit avec le titre de *Soubhâchitaratnanidhi*, par Saskya Pandita, savant célèbre au Tibet, qui florissait au XIII siècle, au temps de Gingiskhan et de ses successeurs. Le livre entier, composé de 454 stances, ne se trouve pas à Paris, et nous ne le connaissons que par une courte notice de Csoma de Koros, suivie du texte tibétain des 234 premières stances, avec une traduction anglaise, qui se trouvent dans le journal de la Société asiatique du Bengale, n° 2 de 1855 et n° 4 de 1856.

Le nom indien de l'auteur est Ananda Dhvadja ; celui de Saskya Pandita, sous lequel il est plus généralement connu au Tibet, vient sans doute de ce qu'il demeurait dans le monastère de Saskya situé dans le Tibet central, dans la province de Tsang, à cent journées de la ville de Tachilhounpo.

Saskya Pandita était l'oncle paternel d'un grand Lama appelé Grogon, auquel Koublaikhan (empereur de Chine de la dynastie mongole pendant la dernière moitié du XIIIe siècle) avait donné la plus grande partie du Tibet central (province d'Outsang). Ses descendants possèdent encore le même monastère avec quelques dépendances, et sont les premiers en dignité après les deux grands Lamas de Lhassa et de Tachilhounpo.

Le monastère de Saskya est un des lieux du Tibet où l'on trouve encore un grand nombre de manuscrits sanscrits qui y furent apportés de l'Inde.

Dans la courte notice qui précède, empruntée à Csoma de Koros, on ne dit pas si ce fut Saskya Pandita lui-même qui traduisit son livre en tibétain, ou s'il laissa ce soin à d'autres. Quoi qu'il en soit, si l'ouvrage qui porte le nom du savant Lama n'est pas une simple compilation, et s'il s'y trouve bon nombre de pensées qui lui appartiennent en propre, il renferme certainement aussi bien des sentences empruntées à des livres indiens connus de tout le monde. Si le travail valait la peine d'être fait, il n'est pas dou- teux qu'on ne pût retrouver dans les poëmes sanscrits, sinon toutes les pensées qui nous sont parvenues, sous la forme des stances tibétaines du *Trésor des belles paroles*, au moins le germe de la plupart de celles qu'il contient.

On voit que l'auteur est familier avec les légendes in- diennes, et il fait plusieurs allusions aux fables de l'*Hito- padésa* [1]. On peut, par exemple, comparer la stance 86 de notre recueil avec la suivante, dont elle semble une ré- miniscence : « Quand un homme s'irrite pour un motif, » sa colère se calme dès que la cause qui l'a produite » n'existe plus; mais comment pourra-t-on jamais apaiser

---

[1] Voyez la stance XXV ci-après. L'Hitopadésa parle de deux cygnes au lieu de deux corneilles. Tout le monde se rappellera ici la fable de la Fontaine : *La tortue et les deux canards*.

Dans la stance XLV, on trouve une allusion à la fable de l'Hitopa- désa intitulée : *L'âne vêtu de la peau du tigre*, sujet qui a fourni à la Fontaine, celle où la peau du lion remplace celle du tigre.

(Edit. Jannet, p. 125 et 172.)

» celui qui sans raison conçoit une inimitié ? » (Hitopadésa, bibliothèque elzévirienne de P. Jannet, traduction de M. E. Lancereau, p. 115.)

Nous espérons que le choix que nous avons fait parmi les sentences de Saskya Pandita sera d'autant mieux accueilli par nos lecteurs, que ce genre de compilation conserve moins qu'aucun autre le caractère distinctif de la littérature auquel il appartient. Le fond du cœur humain étant partout le même et ne changeant guère sous l'influence d'institutions et de climats differents, c'est surtout dans les pensées morales que les hommes reconnaissent leur communauté d'origine.

En tous temps et en tous lieux les sages qui ont donné de bons conseils n'ont jamais manqué, mais, n'en déplaise aux panégyristes du temps passé, les meilleurs conseils n'étaient pas mieux suivis autrefois qu'à présent, comme on le verra par les stances morales de Saskya Pandita.

CHOIX DE SENTENCES.

I

Si vous avez du talent, tous les hommes, sans être appelés, s'assemblent d'eux-mêmes (autour de vous); — Quelque éloignée que soit la fleur odorante, elle est entourée d'une nuée d'abeilles.

II

Le sage, au temps de l'étude, éprouve de la peine, (car) sans efforts, on ne devient pas sage; en se passionnant pour un petit plaisir, on n'en obtiendra pas un grand.

III

L'océan ne se rassasie pas d'eau, ni le trésor d'un roi de monnaie; jouir de l'objet de ses désirs ne satisfait pas; — Le sage n'est jamais rassasié de belles paroles.

IV

C'est toujours par les gens vertueux que les bonnes qualités sont le plus louées; — C'est par le vent que le parfum du sandal du mont Malaya est répandu aux dix points de l'espace.

V

Quand les hommes sont opprimés par un mauvais roi, ils se rappellent avec regret un roi vertueux; — Ceux qui sont tourmentés par la fièvre ne rêvent que d'eau glacée.

VI

L'homme vertueux quoique dans l'infortune se distingue encore davantage par la noblesse de sa conduite; — Nous voyons un tison quoique renversé, faire remonter sa flamme.

VII

Les belles qualités, quoique cachées, se dévoilent et sont visibles pour tout le monde; — La fleur du jasmin, quoique desséchée, répand partout une odeur agréable.

VIII

Un roi n'est grand que dans son royaume; un

homme vertueux est respecté partout ; — La fleur est belle pendant un jour ; la pierre précieuse qui orne la tête est estimée en tous lieux.

IX

Quoiqu'un service (rendu) soit le même pour le vulgaire ou pour ceux qui s'en distinguent, le retour (qu'on obtient) est différent : — Quoique la semence des champs soit égale, il y a une immense différence dans la moisson.

X

Conservez par votre conduite la noblesse de votre famille ; si votre conduite est mauvaise, votre famille n'a plus de valeur ; — Le sandal répand une bonne odeur, mais s'il est réduit en charbon, qui le recherche ?

XI

Les grands tombés pendant quelque temps dans l'infortune, ne doivent pas s'abandonner au chagrin ; — La lune quoique éclipsée quelque temps par une planète ne tarde pas à reparaître.

XII

L'homme vertueux, dût-il lui en coûter la vie, n'abandonne pas ce qui est bon par soi-même ; — Qu'on brûle, qu'on coupe l'or pur, sa couleur ne s'altère pas.

XIII

Les hommes recherchent les défauts des gens éminents, et ne s'occupent pas du vulgaire ; on examine les étoffes de soie précieuse ; on ne s'occupe pas d'un morceau de bois qui brûle.

XIV

Ne vous réjouissez pas d'être loué, ne vous affligez pas d'être blâmé ; — Avoir des qualités solides, voilà la marque de l'homme vertueux.

XV

C'est la grandeur du maître quand les serviteurs sont satisfaits à tous les égards ; — Les ornements qu'on met sur le cheval ne font-ils pas briller le maître lui-même ?

XVI

Selon que le maître traite (plus ou moins) favorablement ses serviteurs et les protège, de même aussi les serviteurs prennent les intérêts du maître.

XVII

L'homme mauvais, quand même il acquiert

des richesses, n'en devient que plus mauvais ; —On a beau détourner un torrent, il cherche toujours à s'écouler en bas.

XVIII

Le résultat obtenu par les soins d'un grand homme est détruit en un seul instant par des méchants ; — Le champ cultivé pendant des années et des mois par le laboureur est, en un moment, dévasté par la grêle.

XIX

En général, un méchant attribue aux autres les défauts qu'il a lui-même ; — Quand la corneille a mangé quelque chose d'impur, elle s'empresse d'essuyer son bec à l'endroit où la terre est propre.

XX

Il est facile de remplir d'eau le pas d'une vache ; il est facile de remplir de choses précieuses un petit trésor ; il est facile d'ensemencer un petit champ ; — Il est facile de rassasier de science un petit esprit.

XXI

Auprès des sots, un preneur de singes est plus estimé qu'un savant ; on offre au premier du beurre et (d'autres) aliments ; le second s'en va les mains vides.

XXII

Ceux qui ont fait un mauvais usage de leur talent méprisent ceux qui en ont fait bon usage. — Dans certaines contrées, ne pas avoir de goître est regardé comme un défaut du corps.

XXIII

Quelques personnes qui se conforment mal aux usages de la politesse se moquent de celles qui les suivent exactement. — Les hommes dont la tête ressemble à celle d'un chien, disent avec mépris que celui qui a un beau visage n'est qu'une femme.

XXIV

Où sont les sots ayant amassé des richesses à qui vienne la pensée de leurs parents? Après avoir amassé par toutes sortes de mauvais moyens et de mauvaises paroles, ils meurent comme des rats.

XXV

L'homme qui a toujours besoin d'être défendu par un autre, périra par cela même. — La tortue portée par deux corneilles, tomba à terre, dit-on.

XXVI

Ne pas distinguer le bien et le mal; oublier un bienfait; ne pas admirer un discours admirable; redemander ce qu'on a vu clairement; aller à la suite d'un autre, voilà le caractère d'un fou.

XXVII

Quand les troupes s'avancent, il se tient à l'arrière-garde; si elles se retirent, il est en avant pour conduire; s'il voit à boire et à manger, il s'efforce d'entrer; s'il voit du plaisir, il trouve moyen d'y prendre part.

XXVIII

Le fou énumère ses talents; le sage les tient secrets. La paille nage sur l'eau, mais la pierre précieuse s'y enfonce.

XXIX

L'homme généreux, quoiqu'en colère, s'apaise si l'on s'incline; inclinez-vous devant un homme vulgaire, il devient plus dur encore; l'or et l'argent, quoique solides, peuvent se fondre; brûlez l'ordure d'un chien, il en sortira une mauvaise odeur.

XXX

Le sage a toutes sortes de qualités; le fou n'a que des défauts. Avec des choses précieuses, vous avez tout ce qui est nécessaire; un serpent venimeux ne peut faire que du mal.

XXXI

L'homme bon protége par sa douceur lui-même et les autres; le méchant par sa dureté nuit à lui-même et aux autres. L'arbre à fruit conserve lui-même et les autres, l'arbre desséché brûle les autres en brûlant.

XXXII

Tant que vous avez des richesses, tous sont vos parents; si vous tombez dans l'infortune, tout le monde est votre ennemi. — On se rassemble de loin au pays des choses précieuses; quand le lac est desséché, chacun l'abandonne.

XXXIII

« Celui-ci est un ami, celui-là un ennemi. » Telle est la distinction que font les gens de peu de sens. Un grand esprit se montre affable pour tous, car il ne sait pas avec certitude quel est celui qui peut lui rendre service.

XXXIV

Les gens instruits aiment la science; il n'en est pas de même des ignorants. La mouche qui recueille le miel aime les fleurs, mais non la mouche qui se nourrit de chair.

XXXV

Un savant brille au milieu des savants, mais comment un sage peut-il être compris par un fou? Voyez le bois de sandal plus précieux que l'or, un fou en fait du charbon !

XXXVI

Le sage sait ce qu'il fait; le fou suit (l'exemple de) celui qui est renommé. — Quand un vieux chien fait entendre ses aboiements, les autres courent sans raison et sans but.

XXXVII

Le sage, même dans une grande infortune, réjouit les autres par ses belles paroles; le fou, même au temps de sa prospérité, tourmente lui-même et les autres par ses querelles.

XXXVIII

Les uns placent la perfection dans les paroles, les autres dans le silence; un mauvais chien commence par aboyer contre l'ennemi, un chat saisit une grue sans rien dire.

XXXIX

Tant que l'on reste modeste, le talent est le plus beau des ornements; si la modestie s'en va, le talent est mis de côté, et une rumeur maligne s'élève.

XL

Un homme vertueux donne sans détour un bon enseignement; interrogez un manant, il vous donne une fausse information; — Un saint, quoique vous le dédaigniez, est miséricordieux; le dieu des morts, quoique vous lui fassiez des sacrifices, ne vous immole pas moins.

XLI

Quoiqu'on puisse atteindre son but par une mauvaise action, où est le sage qui emploie un pareil moyen? Si, malgré de louables efforts, le but n'est pas atteint, les sages pour cela n'éprouvent pas de honte.

XLII

Un roi vertueux, quand il a rencontré l'ennemi, redouble de bienveillance pour ses sujets. — C'est surtout quand son fils est malade qu'une mère est remplie d'inquiétudes.

XLIII

Un homme vertueux, s'il s'associe à un méchant, sera corrompu par lui. — L'eau du Gange est bien douce, mais elle devient saumâtre en arrivant à l'Océan.

XLIV

Si un homme aux inclinations misérables s'attache à un saint personnage, il prendra les habitudes de cet homme vertueux. — Voyez quelle bonne odeur exhale la personne qui s'est parfumée de musc.

XLV

Celui qui par un excès de ruse excite trop l'attention, s'il réussit pendant quelque temps, finit par se perdre; — L'âne revêtu de la peau d'un tigre, après avoir mangé la moisson (d'un laboureur) fut tué par un autre.

XLVI

Evitez l'homme qui a un caractère méchant, fût-il un savant. — Quand même un serpent venimeux aurait la tête ornée d'un joyau, quel est le sage qui le prendrait sur sa poitrine?

XLVII

Il est difficile de trouver quelqu'un qui donne de bons avis; difficile de trouver quelqu'un qui les écoute. — Un médecin habile est difficile à trouver, et peu de peronnes agissent conformément à ses conseils.

XLVIII

Avant d'avoir examiné, n'accordez de confiance à qui que ce soit. On donne souvent tort à l'homme juste qui a perdu sa cause; celui qui a agi avec discernement a beaucoup d'ennemis.

XLIX

De quelque manière que vous façonniez un méchant, son caractère ne deviendra jamais bon. — Quelque soin que vous mettiez à laver un charbon, il est impossible de le rendre blanc.

L

Les gens aux principes mauvais, qui sont passionnés pour la richesse, quoiqu'ils soient des amis, ne méritent pas confiance. Pour avoir été à la solde des grands, beaucoup ont été renversés par leurs propres parents.

LI

Quiconque peut faire du mal, peut aussi faire du bien. — Le monarque dont le front est ceint du bandeau royal, peut donner un royaume.

LII

Quand plusieurs sont d'accord sur un point, quoiqu'ils aient peu de force, ils peuvent faire de grandes choses ; — Un lionceau fut tué, dit-on, par une troupe de fourmis rassemblées.

LIII

L'homme qui se laisse aller à l'indolence et néglige d'exercer ses facultés, quoique doué de force, tombera dans la dépendance. — Quoique l'éléphant ait une force immense, il est mené comme un esclave par un petit cornac.

LIV

Les grands n'ont pas besoin d'être arrogants ;
à quoi sert aux petits de faire les fiers ? Le diamant n'a
pas besoin d'être vanté par des paroles ; — Qui achète-
rait un faux diamant, quelque vanté qu'il fût ?

LV

Les hommes sont ordinairement offensés par
des personnes de la même condition qu'eux-mêmes. Quand
le soleil brille à son lever, tous les corps lumineux sont
éclipsés.

LVI

Servez-vous de celui qui vous est utile, quand
même ce serait un ennemi ; évitez celui qui vous nuit,
quand même ce serait un parent. — Achetez à tout prix
un joyau (retiré) de l'Océan ; chassez avec une médecine
le mal qui vous fait souffrir à l'intérieur.

LVII

Quand un homme a acquis quelque richesse
intérieure, il la montre avec orgueil à l'extérieur. —
C'est quand les nuages sont tout pleins d'eau, qu'ils
s'agitent et font entendre le bruit du tonnerre.

LVIII

Il est rare de trouver une personne qui ait toutes les qualités, mais il est rare aussi d'en trouver qui n'en ait aucune. Parmi ces personnes chez lesquelles les défauts et les qualités se mêlent, le sage fréquente celle en qui le nombre de qualités est le plus grand.

LIX

Au premier abord, il est douteux si une personne est amie ou ennemie. Un aliment mal digéré devient poison ; le poison, si l'on sait (s'en servir), devient médecine.

LX

Quand on est son maître, tout est bien ; tout est mal, quand on dépend des autres. Ce qui est commun est un sujet de querelle ; — une promesse est un lien.

LXI

Quand vous auriez au dedans toutes les qualités, si vous êtes mal habillé, tout le monde vous méprise. — Quoique la chauve-souris soit intelligente, elle est évitée, dit-on, par tous les oiseaux.

LXII

Un fou est agréable, s'il parle peu ; un roi
gagne en dignité, s'il est entouré de mystère ; les spec-
tacles extraordinaires sont agréables, si on les voit rarement ; un joyau a un grand prix, s'il est rare.

LXIII

Témoigner une trop grande affection devient
souvent une cause d'animosité ; les nombreuses querelles
du monde viennent ordinairement (d'un excès) de fami-
liarité.

LXIV

Une grosse querelle, quelque vive qu'elle soit,
devient (quelquefois) la cause d'une grande amitié ; nous
voyons ordinairement qu'on se réconcilie à la fin d'une
querelle.

LXV

Quoiqu'un avare ait des richesses, quoiqu'un
envieux ait un ami, quoiqu'un mauvais esprit ait des con-
naissances, il n'en peut résulter de plaisir.

LXVI

Les convoiteux sont réjouis par les richesses ; les orgueilleux le sont par les louanges. Les fous sont réjouis par leurs pareils, les gens vertueux se plaisent à entendre la vérité.

LXVII

Les talents d'un homme méchant ; la science imparfaite d'un orateur énergique ; les faveurs d'un mauvais maître sont rarement utiles aux autres.

LXVIII

Parler beaucoup est une cause de danger ; le silence est le moyen d'éviter les infortunes. Le perroquet parleur est mis en cage, les oiseaux muets volent à leur gré.

LXIX

Si un homme vient, sans arrière-pensée, en aide de toutes manières à un ennemi ; si, de son côté, l'ennemi, sans détour aussi, s'incline devant son bienfaiteur, c'est (de part et d'autre) la marque d'un grand caractère.

LXX

A quoi sert au faible de se mettre en colère?
Quel besoin le fort a-t-il de s'irriter? Puisque, pour accomplir une chose, la colère est impuissante, elle ne fait que
nuire à nous-mêmes.

LXXI

Attirés par des présents, les ennemis même
s'assemblent; si vous ne donnez rien, les parents même
vous abandonnent. Si le lait de la vache tarit, le veau le
plus beau dépérit.

LXXII

L'emploi de ses richesses par le riche, la modestie de celui qui est devenu savant, la protection qu'un
grand accorde aux petits, ces trois choses sont utiles à soi
et aux autres.

LXXIII

En prenant les grands pour appui, les petits
mêmes parviennent à la grandeur. Voyez la liane arriver
au sommet d'un grand arbre en s'appuyant sur lui.

LXXIV

Quoiqu'un homme de talent ait des défauts, ceux qui aiment les talents le recherchent. Quoique le ciel soit obscurci par la pluie, elle fait plaisir aux habitants du monde.

LXXV

Il ne faut point de parfums agréables aux chiens et aux pourceaux, et point de lampes aux aveugles; ceux qui ne digèrent pas n'ont pas besoin d'aliments; la règle est inutile aux fous.

LXXVI

Un homme de talent et de l'or pur, un brave soldat et un bon cheval, un bon médecin et une belle parure, partout où ils se trouvent, sont estimés.

LXXVII

La meilleure richesse c'est l'aumône; le plus grand bonheur, c'est la tranquillité d'esprit; le plus bel ornement, c'est l'instruction; le meilleur ami, c'est celui qui n'a pas de désir.

LXXVIII

Qui n'a pas été maltraité par la fortune ? Qui a toujours joui du bonheur ? Le bien et le mal ne se succèdent-ils pas toujours, comme l'été et l'hiver ?

LXXIX

Méditer des choses impossibles, avoir de la haine contre plusieurs, se quereller avec les forts, être passionné pour les femmes, se lier avec les méchants : ces cinq choses sont des causes de ruine.

LXXX

Être sans fortune et désirer de beaux habits; demander aux autres et avoir beaucoup d'orgueil; ne pas connaître les ouvrages littéraires et vouloir disputer : ces trois choses sont un sujet de moquerie.

LXXXI

Quand le maître se fait tort à lui-même, qui peut alors le protéger ? Quand un objet est offusqué par la lumière, il n'y a pas moyen de le voir.

LXXXII

Les hommes désirent une longue vie ; quand ils sont devenus vieux, ils ont peur. Avoir peur de la vieillesse et désirer une longue vie, c'est la contradiction d'un fou.

LXXXIII

Celui qui a de la fortune et qui n'en use pas en faisant des dons, est un homme qui est atteint de maladie, ou bien un avare accompli.

LXXXIV

Celui qui connaît les préceptes de la loi (religion) et ne les pratique pas, qu'a-t-il à faire de la loi ? Quelque belles que soient les moissons, les bêtes sauvages se réjouissent-elles ?

LXXXV

Quoiqu'il y ait beaucoup de docteurs qui connaissent la loi (religieuse) et qui disent ce qui est contre la loi, les gens qui, après être instruits en conséquence, se préoccupent de l'observer, sont rares.

LXXXVI

La colère qui vient d'une raison juste ne sert guère, et celle-là peut être apaisée ; mais qui saura calmer la colère de celui qui s'y livre sans raison ?

LXXXVII

Tant qu'un homme n'a pas fait de mauvaises actions, le dieu Indra lui-même ne peut le blâmer ; — Quand une source ne se dessèche pas d'elle-même, à quoi sert de l'obstruer avec de la terre ?

LXXXVIII

Quand un homme est renommé pour avoir amassé une fortune excessive, sa richesse devient l'instrument de sa perte. Une attaque se dresse contre le riche là où le pauvre circule en paix.

LXXXIX

La renommée acquise par une force et une habileté exceptionnelles devient une cause de ruine. Dans le combat, ce sont les habiles et les forts qui, le plus souvent, trouvent la mort.

XC

La sagesse, la force et le reste sont vos alliées si vous êtes vertueux ; si vous êtes sans vertu, toutes viendront concourir à votre perte.

XCI

Celui qui pense : Je tromperai les autres par un mensonge, se trompe lui-même. Celui qui a dit une fois un mensonge fait naître le doute, même quand il dit la vérité.

XCII

Pour celui qui néglige de s'appliquer, point de bonheur à attendre en ce monde ni dans l'autre ; quoique le champ soit bon, s'il n'est pas cultivé avec soin, on n'obtiendra pas de moisson.

XCIII

Un homme de sens, quelque petite que soit une affaire, doit toujours agir avec réflexion ; s'il réussit, il n'y a rien à dire ; s'il ne réussit pas, sa conduite a été belle.

XCIV

Les sentiments des hommes sont différents, il est donc rare que quelqu'un plaise à tous ; mais celui qui s'applique à acquérir des qualités est bien près de plaire à tout le monde.

XCV

Celui qui sait bien distinguer un homme probe d'un misérable, sait faire réussir ses affaires; car c'est en cela que réside le grand fondement de la prospérité.

XCVI

L'homme doué de peu de force réussit en s'appuyant sur un grand; quoique la goutte d'eau soit bien petite, mêlée à l'Océan, elle ne sèche pas.

XCVII

Quoiqu'on n'ait pas soi-même d'esprit, on consulte avec fruit un homme qui en a beaucoup. La main qui, seule, ne tue pas un ennemi, ne tue-t-elle pas en prenant une arme?

XCVIII

Un ennemi dangereux deviendra un allié si l'on sait s'y prendre. Une grande quantité de poison blesse le corps ; si l'on sait l'employer, il devient médecine.

XCIX

Un prince doit percevoir les impôts d'une manière convenable et sans opprimer ses sujets ; l'arbre appelé Sâla, s'il en découle trop de sève, se dessèche.

C

Soyez attentif à cacher votre conduite ; on s'expose en se montrant trop clairement. Si le singe n'avait pas fait de gambades, aurait-on attaché une corde à son cou ? (Comp., st. LXVII.)

CI

Il ne faut pas prononcer de paroles qui blessent les autres, fussent-ils des ennemis ; comme la réponse d'un écho, elles se retournent aussitôt contre nous-mêmes.

CII

Si vous voulez nuire à un ennemi, acquérez des talents; de cette manière votre ennemi séchera de dépit, en même temps que vous croîtrez en mérite.

CIII

Si vous prenez pour appui un grand qui soit envieux, vous n'arriverez jamais à être grand. Voyez la lune devenir sombre en s'approchant du soleil.

CIV

Ne faisons jamais aux autres ce qui nous déplaît à nous-mêmes; songeons, en effet, à ce que nous éprouvons quand les autres nous font le moindre mal.

CV

Si nous faisons aux autres ce qui nous est agréable à nous-mêmes, les autres, par la même raison, nous donneront volontiers en retour ce qui nous plaît.

CVI

C'est toujours un bonheur pour quelqu'un d'avoir pour appui des gens vertueux, d'interroger les sages, et d'avoir pour compagnons des gens de bonne volonté.

CVII

L'animal qui n'a ni biens, ni serviteurs, s'il a pour ami un compagnon intelligent, peut obtenir ce qui lui est nécessaire; à plus forte raison celui qui est né parmi les hommes,

CVIII

Avec un ennemi depuis longtemps acharné contre nous, il ne faut pas se lier d'amitié, quoiqu'il le désire ardemment. Quelque chaude que soit l'eau, si elle rencontre le feu, ne l'éteint-elle pas?

CIX

S'il est généreux, honnête et droit, on peut se fier à un ennemi. Plus d'un, dit-on, a trouvé un refuge pour toute sa vie en allant le chercher auprès d'un ennemi généreux.

CX

Quoique vous sachiez bien ce que vous avez à faire, faites tout avec réflexion. L'homme qui n'aime pas à réfléchir achète cher le repentir.

CXI

Pourquoi les affaires de celui qui agit après avoir bien réfléchi se gâteraient-elles ? L'homme doué de la vue, s'il marche avec précaution, n'évite-t-il pas le précipice ?

CXII

Plus vous désirez vous élever et plus vous devez vous rendre utile aux autres. Ceux qui veulent se parer n'essuient-ils pas d'abord leur miroir ?

CXIII

Plus on a le désir de vaincre son ennemi, plus on doit mettre d'empressement à exercer ses facultés. Voyez comme on s'effraie quand on voit les ennemis désireux de donner la mort préparer avec soin leurs armes.

CXIV

En disant des paroles méchantes, il est impossible d'obtenir dans le monde ce qu'on désire ; quand même, au fond du cœur, vous ne songez qu'à (obtenir l'objet de) votre désir, ayez des paroles bienveillantes pour tous.

CXV

Si un homme prudent baisse la tête, la faute retombe sur celui qui l'injurie ; quand une lampe est tournée la tête en bas, elle brûle la main de celui qui la porte.

CXVI

Au moment d'entreprendre une grande affaire, il faut s'assurer un bon allié ; s'il s'agit de brûler une grande forêt, n'a-t-on pas besoin d'être aidé par le vent ?

CXVII

Celui qui, lorsque le Bouddha protecteur des hommes est là, rend hommage à un autre maître, est (pareil à) celui qui, sur le bord d'un fleuve aux eaux pures, creuse un puits rempli d'eau saumâtre.

CXVIII

Il n'est pas difficile de faire quelque chose que ce soit, si l'on y est accoutumé. De même qu'on s'est exercé à un art mécanique, on se plie sans difficulté aux pratiques de la bonne religion.

CXIX

Celui qui sait se contenter de peu a une fortune inépuisable. Les chagrins tombent sans cesse, comme une pluie, sur celui qui, sans être jamais satisfait, cherche toujours (à acquérir).

CXX

Dans ce monde, si vous prêtez (de l'argent) à intérêt, vous n'avez pas la certitude de recevoir même le capital ; (mais) si vous donnez aux pauvres sans compter, quand même ce serait peu, vous en obtiendrez cent fois la valeur.

CXXI

Par crainte de voir sa famille déchoir, un homme de peu de sens accumule les moindres profits qu'il fait. Le sage, afin d'élever sa maison, fait aux autres des présents (considérables), comme si c'étaient des bagatelles.

CXXII

L'affection d'un père et d'une mère pour leurs enfants, ne leur est pas rendue par ceux-ci. Quand les parents ont longtemps pris soin de leurs enfants, ceux-ci dédaignent le père et la mère qui sont devenus vieux.

CXXIII

Ceux qui sont devenus les esclaves de la convoitise courent après la fortune, au risque même de leur vie. Ceux qui sont contents de leur sort, quoiqu'ils acquièrent des richesses, donnent aux autres comme il convient à des gens vertueux.

CXXIV

Si vous voulez détruire tous vos ennemis, quand aurez-vous fini de tuer ? En domptant seulement votre propre passion, tous vos ennemis sont tués à la fois.

CXXV

Si vous êtes en colère contre un homme puissant et actif, c'est à vous-même que vous nuisez le plus. Si c'est contre un homme doux et calme, quelle raison avez vous d'être irrité ?

CXXVI

Les brins d'herbe qui sont nés sur la même tige, sont dispersés par le vent aux dix points de l'espace. De la même manière, les hommes nés ensemble sont séparés par leurs actions.

CXXVII

Que celui qui cherche avec ardeur à obtenir ce qu'il désire, fasse d'abord arriver les autres à leur but. Celui qui agit surtout en vue de son intérêt, ne parviendra pas à son but.

CXXVIII

La méditation sans l'étude des livres, quand même elle réussirait pendant quelque temps, ne tarderait pas à déchoir. Quoiqu'on puisse bien fondre l'or et l'argent, si l'on retire le feu, ils redeviennent durs.

CXXIX

Quel est l'homme sans intelligence qui prenne un livre, quelque beau qu'il soit ? Quelque brillant que soit un ornement d'or enrichi de diamants, où est le bœuf qui le regarde ?

CXXX

A ceux qui reconnaissent comme très-vraies toutes les belles paroles des sages, mais qui s'occupent peu de les mettre en pratique, à quoi sert-il de connaître les livres ?

CXXXI

Quoiqu'un homme intelligent sache (d'avance) par lui-même, il n'examine pas moins avec soin les ouvrages des sages. Quelque pur que soit un métal précieux il a moins de prix s'il n'est pas travaillé.

CXXXII

Quoiqu'il y ait un très-grand nombre de forêts, il y a peu de terres privilégiées où naisse le sandal De même aussi, quoiqu'il y ait beaucoup de savants, les belles paroles sont très-rares.

CXXXIII

Un cheval excellent se connaît au temps de la marche ; l'or et l'argent se connaissent à la fonte ; un éléphant se connaît dans une bataille ; on reconnaît le mérite d'un savant à ses compositions littéraires.

CXXXIV

En temps et lieu, si le moment est convenable, parlez quelque temps seulement, après avoir bien réfléchi. Quelque belles que soient les paroles, s'il y en a trop, elles ne trouvent pas plus de faveur que des marchandises surabondantes.

PLAINTES DE NORZANG

A LA RECHERCHE DE YIDPHROMA.

Cette espèce d'élégie est extraite de la première partie du *Kanjour* tibétain, qui appartient à la Bibliothèque impériale. Ce morceau, qui n'a jamais été traduit, fait partie d'un conte dans le genre de ceux des *Mille et une nuits*, mais le récit est loin de présenter l'intérêt de ceux que contient le célèbre recueil de contes que je viens de nommer.

Le prince royal *Norzang* (fortuné) est séparé de sa maîtresse *Yidphroma* (celle qui ravit le cœur), et c'est au milieu des ennuis qu'il éprouve en allant à sa recherche qu'il prononce les plaintes dont voici la traduction.

Le récit est en prose, mais Norzang s'exprime en vers.

PLAINTES DE NORZANG

A LA RECHERCHE DE YIDPHROMA.

En ce moment la lune se leva. Norzang la regarda et exprima ainsi ses regrets d'être séparé de Yidphroma :

« Pleine lune [1], reine des planètes, qui rends la nuit claire, tu es chère à l'œil de Snarma, ô conductrice excellente ! Celle qui seule m'est chère, dont l'œil est pareil au lotus bleu, qui a nom Yidphroma, regarde sur la terre ; y est-elle ? »

En parlant ainsi, il s'en allait en songeant aux joies qu'il avait goûtées autrefois. Il aperçut alors une gazelle et lui dit :

« Gazelle qui te nourris d'herbes, d'eau et de feuilles, tu es la bien-venue ; va en paix, je ne suis pas chasseur. Celle qui a l'œil long comme celui de la gazelle, et qui brille par sa beauté, ma Yidphroma, l'as-tu vue ? »

Et, marchant toujours, il arriva dans un autre lieu où il vit des abeilles qui se nourrissaient de la substance composée avec les fleurs et les fruits de la forêt. En les voyant, il dit à l'une d'elles :

---

[1] Pour être exact, il faudrait ici *Lunus*, car le nom de *Snarma* est celui d'une nymphe, épouse du Dieu de la lune, et qui préside elle-même à une constellation.

« Mouche à miel qui as la belle couleur sombre des montagnes bleues [1], qui fais ta demeure dans le creux des roseaux et dans les lotus, celle qui a les cheveux épais, longs et noirs comme la couleur de l'abeille, ma Yidphroma, l'as-tu vue ? »

Il s'éloigna encore de ce lieu, et aperçut un serpent. A son aspect, il dit :

« Serpent noir, dont la langue remue comme une feuille d'arbre; qui, de tes yeux et de ta gueule, exhales des nuages de fumée ; le feu de ton venin n'égale pas le feu de la passion ! Ma Yidphroma, l'as-tu vue ? »

Il arriva ensuite dans un autre endroit, où il vit un kôkila (coucou indien) qui faisait entendre son chant. En le voyant, il lui dit :

« Kôkila qui demeures sur un arbre touffu de ce bois délicieux, roi de la multitude des oiseaux (toi), qui ravis le cœur [2] des femmes; celle qui a les yeux beaux et sans tache comme le lotus bleu, ma Yidphroma, l'as-tu vue ? »

Il s'éloigna encore de ce lieu, et ayant vu un de ces arbres qu'on appelle açôkas [3], avec toutes ses fleurs épanouies :

« Grand roi des arbres, dont le nom prononcé est une bénédiction, de moi qui suis accablé de chagrin à cause de Yidphroma et qui joins les mains, écarte le chagrin ! »

Et en se plaignant ainsi, il arriva à la demeure de l'ermite.

---

[1] Il y a dans l'Inde une espèce d'abeille noire.

[2] Il y a ici un jeu intraduisible dans le texte, qui emploie les mêmes mots (*Yid phro*) que ceux qui commencent le nom de Yidphroma.

[3] Açôka signifie « *sans chagrin.* » C'est aussi le nom d'un roi bouddhiste très-célèbre qui régnait dans l'Inde centrale trois siècles environ avant J.-C.

NOTES

Stance VI. — Comparez dans l'*Hitopadésa*, traduction de M. Lancereau, p. 84, ligne 8.

St. VIII. — Après *partout* ajoutez : « où il va. »

St. XII. — J'ai écrit *ñam* en suivant le texte de Calcutta, mais la vraie leçon doit être *ñams*.

St. XIII *Phan zel* « étoffe de soie » suivant la traduction de Csoma. Ce mot manque dans les dictionnaires.

St. XIX — Le sens de « rejeter sur les autres, attribuer aux autres » qu'a ici *hgod par byed* ne se trouve pas dans les dictionnaires.

St. XXV. — On reconnaîtra ici la fable de la tortue et des deux canards racontée dans l'*Hitopadêsa*, traduction de M. Lancereau, p. 172. — La Fontaine, X, 3.

St. XXVIII. — *Khar byin*, « énumérer, » manque dans les dictionnaires.

St. XXIX. — Plus littéralement : « Si vous brûlez les ordures d'un chien, etc.

St. XXX. — Le verbe *yin* est employé ici au lieu du verbe *yod* ordinairement seul usité avec le datif pour exprimer le sens *avoir*.

St. XXXIX. — Vers 2ᵉ, il faut *gyi* au lieu de *gyis*.

St. XL. — Au lieu de *saint* le texte a « le fils des Djinas, » mais au fond, le sens est le même, puisque les Djinas sont des Bouddhas.

St. XLIII. — *Chan dou hgyour* « se corrompre » manque aux dictionnaires.

St. L. — 3ᵉ vers, littéralement : « Ayant mangé la solde des grands. »

St. LIV. — Il semblerait plus correct de mettre *tch'en pas* au premier vers, comme au second *ngan pas*.

St. LXII. — Vers 2, il faut *lkog tou*, d'accord avec la traduction anglaise de Csoma. — 3e vers : *rgya lam* s'écrit mieux *brgya lam*.

St. LXX. — Vers 4, littéralement : « La colère impuissante nous brûle nous-mêmes. »

St. LXXIII. — Csoma, dans son dictionnaire, écrit *hkri ching*.

St. LXXVII. — Vers 4, j'ai suivi la traduction anglaise, mais d'après les dictionnaires ce doit être : « Le meilleur ami est celui qui ne trompe pas. »

St. LXXVIII. — *Gdoungs pa*, prétérit et participe passé de *gdoung va*, qui n'est pas donné comme verbe dans les dictionnaires.
— *Rdje va*, « se succéder, aller de l'un à l'autre, » sens que les dictionnaires ne donnent pas assez nettement.

St. LXXXV. — Vers 1. Il faut : *smra va pa*.

St. CXII. — *Gyis*, impératif de *bgyi*.

St. CXIII. — Vers 3, littéralement : « L'ennemi désireux de donner la mort. »

St. CXIV. — *Gyis*. Voy. St. CXII.

Page 45 de la traduction.

Le nom de *Norzang* se trouve dans la liste des Bouddhas du *Bhadrakalpa*, au n° 971, où il correspond au sanscrit *Soudhana*.

Le nom de *Yidphroma* semble répondre au sanscrit *Manôhârinî*.

(La note au bas de la page.) *Snarma* répond au sanscrit Rôhinî. Ce nom est celui de l'une des soixante filles de Dakcha, parmi lesquelles trente-sept sont les nymphes qui forment les astérismes lunaires, et sont les épouses du dieu de la lune.

Voyez le dictionnaire de Wilson, au mot *Rôhinîpati*, et les *lois de Manou*, traduites par Loiseleur, livre IX, note pour la stance 314.

Ligne 13. *Celle qui a l'œil long*, etc. Le texte a *mig kyous*. Le mot *kyou* qui, suivant Csoma, ne s'emploie qu'en composition, semble signifier ici *le coin, l'angle allongé de l'œil*.

Page 46, liv. 3. Comparez dans le Mrichtch'akati, édition de Calcutta, p. 283, au bas : « *Sa longue chevelure de la couleur luisante de l'abeille noire.* »

Comparez aussi tout le 4e acte de *Vikramôrvaci*.

Ibid. 1. 20. Comparez *Nâla et Damayantî*, édit. de Bopp, p. 86-87 (livre XII, st. 102 — 108).

www.ingramcontent.com/pod-product-compliance
Lightning Source LLC
Chambersburg PA
CBHW061657180626
46818CB00003B/1135